獻給所有被迫逃離家園的人

所有夢想的追尋，總來自一群人有聲、無聲的幫助。這本繪本能夠和中文讀者
見面，我要衷心的感謝幾個人。謝謝三民書局編輯部對這本書付出的用心和努
力。謝謝指導老師迪特·尤特 (Dieter Jüdt) 教授、菲力克斯·辛伯格 (Felix
Scheinberger) 教授對我的諸多啟發，給予我全然的信任和自由。謝謝德國柏林
「華特·班雅明檔案館」在文史資料上的協助。謝謝我的好友王玫勻、林品慧
在百忙之中，依然撥空和我討論、斟酌中文版的文字。最後要特別謝謝我的家
人，你們在點滴生活裡，對我的無限支持和無盡耐心，是讓我不斷向前的力量。

—— 張蓓瑜

iREAD

班雅明先生的神祕行李箱

文 圖	張蓓瑜
譯 者	張蓓瑜
責任編輯	倪若喬
發 行 人	劉振強
出 版 者	三民書局股份有限公司
地 址	臺北市復興北路 386 號 (復北門市)
	臺北市重慶南路一段 61 號 (重南門市)
電 話	(02)25006600
網 址	三民網路書店 https://www.sanmin.com.tw
出版日期	初版一刷 2017 年 9 月
	初版三刷 2022 年 4 月
書籍編號	S858311
I S B N	978-957-14-6328-5

Der geheimnisvolle Koffer von Herrn Benjamin
written and illustrated by Pei-Yu Chang
© 2017 NordSüd Verlag AG, CH-8050 Zurich/Switzerland
Chinese translation right © 2017 San Min Book Co., Ltd.

小山丘官網

班雅明先生的
神祕行李箱

張蓓瑜

改編自華特・班雅明的真實故事

還不是很久以前，在一座大城市裡，住著一個與眾不同的人，叫做班雅明先生。他是個腦子裡充滿著各式各樣超棒想法的哲學家。但是，有一天，他所生活的那個國家卻決定，與眾不同的想法是非常危險的。

所以ㄙㄨㄛˇ以ㄧˇ，有ㄧㄡˇ這ㄓㄜˋ些ㄒㄧㄝ想ㄒㄧㄤˇ法ㄈㄚˇ的ㄉㄜ˙人ㄖㄣˊ都ㄉㄡ應ㄧㄥ該ㄍㄞ要ㄧㄠˋ被ㄅㄟˋ逮ㄉㄞˋ捕ㄅㄨˇ。

所ㄙㄨㄛˇ以ㄧˇ，有ㄧㄡˇ這ㄓㄜˋ些ㄒㄧㄝ想ㄒㄧㄤˇ法ㄈㄚˇ的ㄉㄜ˙人ㄖㄣˊ都ㄉㄡ應ㄧㄥ該ㄍㄞ要ㄧㄠˋ被ㄅㄟˋ逮ㄉㄞˋ捕ㄅㄨˇ。

為了能逮捕到更多的人，每天來的士兵也越來越多，等到班雅明先生終於決定要逃跑的時候，所有的街道都被封閉了，而且還受到監視。

所以，班雅明先生去拜訪了費特可太太，她對隱密的登山路線非常熟悉。

聽說，費特可太太已經帶了一些人通過邊境，逃到鄰國。在那裡，沒有人會因為與眾不同的想法而陷入麻煩。已經有好幾個想逃跑的人也去拜訪過費特可太太，而她也非常願意幫助這些人。

「不過，我們只能帶一點輕便的行李喔……」費特可太太說：「還有，我們要表現出若無其事的樣子，這樣才不會有人注意到我們。」

嘰哩呱啦
嘰哩呱啦

不久之後，逃亡
的大日子來了！

在太陽升起前，費特可太太和她保護的這群人就已經在城市外圍集合完畢，可是，卻少了一個人。

「班雅明先生怎麼還不來呢？待會天就要亮了，那可就太危險啦……」

費特可太太緊張的東張西望，其他人則趁機練習怎麼裝做若無其事的樣子，以免引起別人的注意。

終於，遠遠的，他們看到班雅明先生上氣不接下氣的趕來，全身都被汗水浸得溼透了，而且，手裡還提著一個沉重的行李箱，看起來，他好像得用盡全身的力氣才提得動那個箱子呢！

「我的老天爺！」
人群裡發出驚呼聲。

「哎呀，他不是認真的吧！」

所有人都非常

看著班雅明先生，

班雅明先生

沉重的

→

→

不過，關於班雅明先生，大家得知道一件事，有些人說他是個倒楣鬼，又有些人說，他有時候實在是笨手笨腳的，可是，大部分的人都覺得……

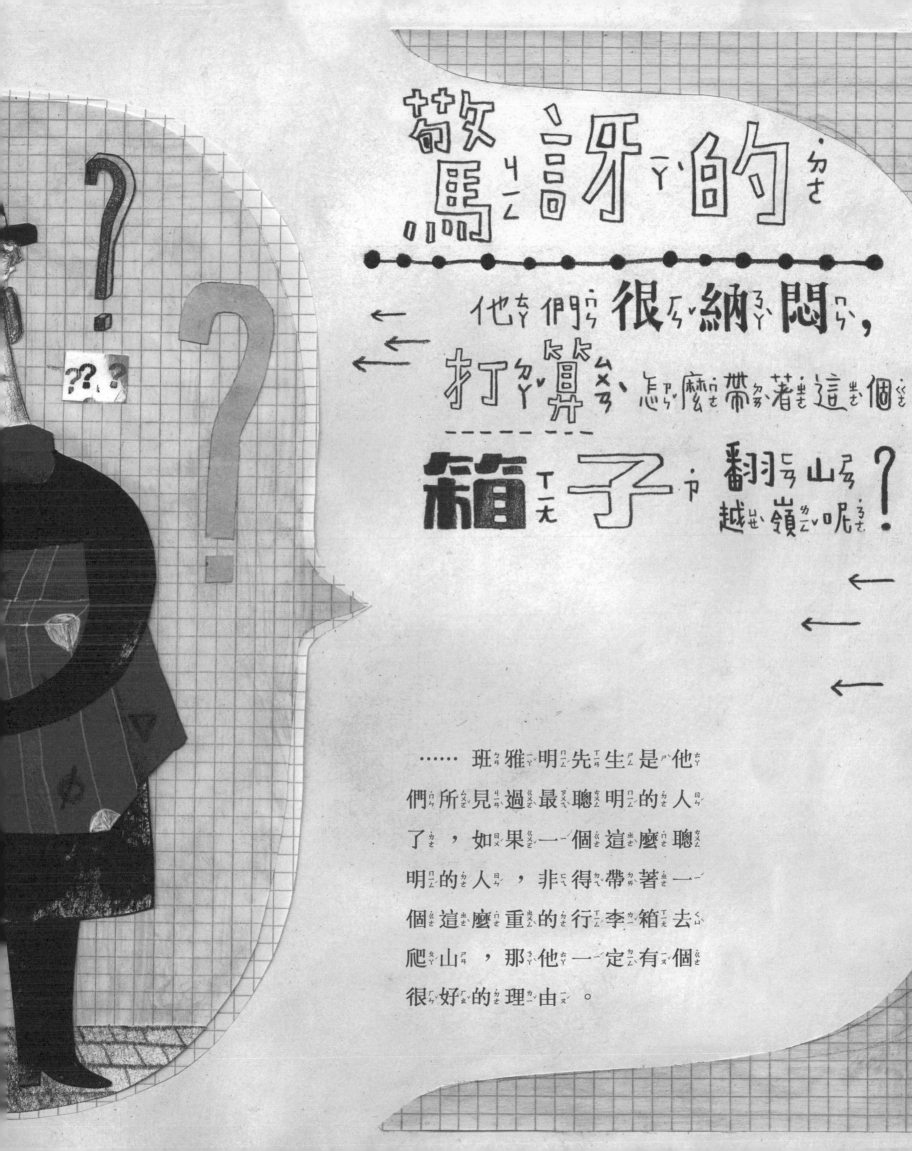

驚訝的

他們很納悶，打算、怎麼帶著這個箱子翻山越嶺呢？

……班雅明先生是他們所見過最聰明的人了，如果一個這麼聰明的人，非得帶著一個這麼重的行李箱去爬山，那他一定有個很好的理由。

帶著行李箱，逃難的人們出發了。

　　路途很長，得先沿著陡峭的階梯一路往下走，經過一片片的黑莓灌木叢和橄欖樹林。

接著，又得再往上爬陡坡，爬過一座座的大岩壁和卵石區。

路途中，
費特可太太曾經
問過班雅明先生，
要不乾脆把這個
沉重的負擔
給丟了？

「我不能丟下它，」班雅明先生回答。
「這箱子裡頭裝的東西

可以改變一切，

對我來說，

這個箱子是世界上

最最重要的東西，

比我自己的

生命

還重要。」

　　在越過了無數的黑莓灌木叢、橄欖樹林和
大岩壁之後，這群精疲力竭的人來到了邊境，
只要再通過邊境管制站，他們就成功了！

　　已經通過邊境管制站的人們，跳舞歡呼，
慶祝著他們的新生活。班雅明先生也幾乎快要
藏不住他內心的喜悅。

但是，輪到他的時候，他卻被拒絕了。邊境官對他說：「你不能通過，你必須回去！」

50

人們最後一次看到班雅明先生，是在山裡的一間小旅館。此後，他就消失了，那個對他來說無比重要的行李箱，也跟著一起消失。

la masi

在神祕的行李箱消失之後，
這個故事便飛快的傳開了，好多
人都想知道……

……箱子裡面到底裝的是什麼？
有什麼東西這麼重要，讓聰明的
班雅明先生非救不可呢？

聽過

班雅明

的故事嗎？

「那裡面裝的，一定是有史以來最棒的哲學思想！」學者們猜想著。

「那裡面可能是《攝影大史》的手稿吧！」有個攝影師這麼認為。

「才不是呢！按照我的理論，他肯定是寫了一篇理論來回應我的理論吧！」

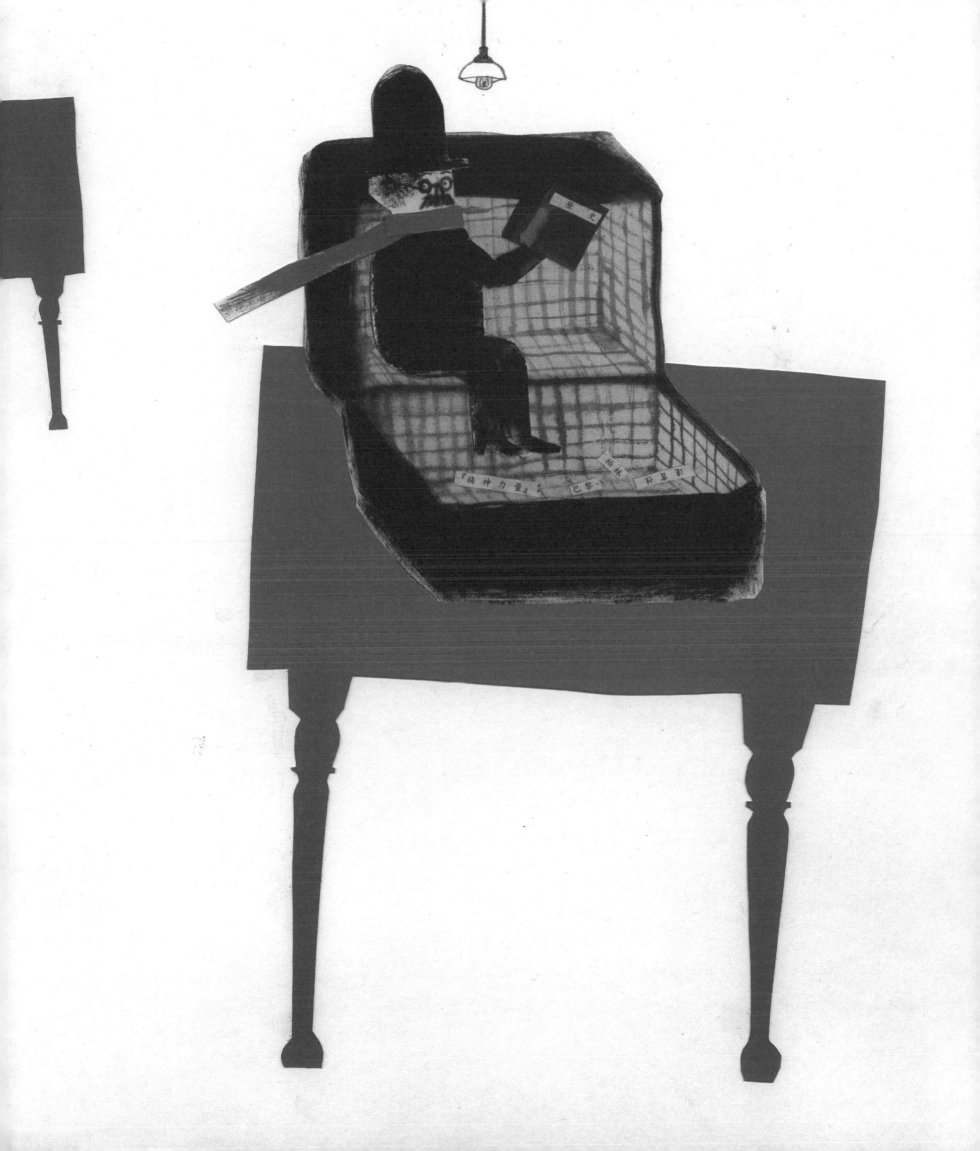

他們國家的將軍們，也聽聞了行李箱的故事，在開高峰會議的時候，將軍們互相爭論著：

「是一臺折疊式迷你坦克車！」

「班雅明一定是帶了最危險的武器，打算用它來對付我們。」

「是一個可以變身成潛水艇的飛天戰鬥機器人！」

「是一枚百發百中的隱形飛彈！」

檸檬萊姆

檸檬萊姆

蜜桃迷迭香

沙棘

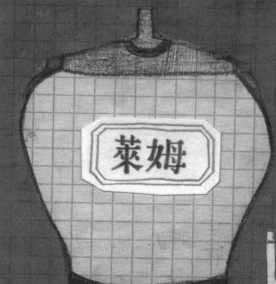

萊姆

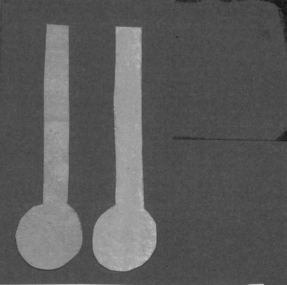

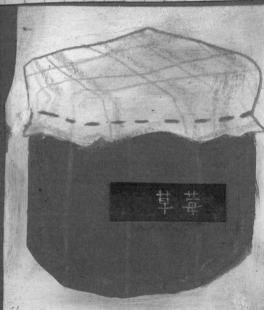

草莓

黑莓

8

綠番茄

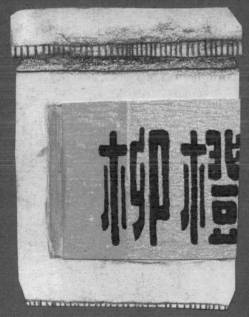

哎呀真是胡說八道！

山裡的居民們一邊吃著乳酪，配著啤酒，一邊熱烈討論著：

「那裡面肯定是裝了什麼好吃的，應該是他到遠方會想念的特產吧。」

「是30公斤他們家鄉最好吃的香腸嗎？」

「我說啊，應該是帶了50罐奶奶為他做的果醬吧！」

關於這個行李箱的討論，
持續了好久好久……

甚至直到今天，人們都還在猜，班雅明先生的箱子裡，究竟裝的是什麼？

市場書局
創立於1940年

不過，所有的人都相信一件事：他箱子裡面裝的東西，肯定非常非常的與眾不同。

6

班雅明先生

華特·班雅明 (1892–1940) 是德國重要的哲學家和作家之一，他是個格外有魅力的人，他的好朋友——狄奧多·阿多諾曾經寫道：「班雅明看起來就像個頭戴高禮帽，手拿魔法杖的魔術師。」

華特·班雅明的興趣非常廣泛，他寫過關於美學、文學、攝影、政治、媒體、翻譯等理論。不過，他也為小朋友們寫過廣播劇，發明兒童遊戲。他喜歡研究顏色和想像力，還喜歡收集謎語、童書以及印有古俄羅斯玩具的卡片。

在逃亡之前，班雅明將許多他寫的文章藏在朋友家和公共圖書館裡面，正因為如此，他的許多思想才躲過了戰爭，流傳下來。直到今天，全世界還有許許多多的人在閱讀班雅明先生所寫的書。

費特可太太

1940年，奧地利人麗莎·費特可 (1909-2005) 因為反抗納粹集權，而被抓進婦女集中營。很幸運的，她活著逃出集中營，從此以後，費特可太太就加入了一個叫做「緊急救援委員會」的難民救援組織。大部分的時候，這個組織必須透過非法的方式營救那些受到希特勒威脅的人們。

當時，麗莎·費特可冒著生命危險，帶這些難民進入庇里牛斯山中狹窄的登山小徑，徒步走到西班牙邊界，所以人們稱這條路線為「費太太路線」。穿越邊界後，這些難民再從那裡搭船，繼續逃往美國或南美洲。當時，費特可太太每個禮拜會帶好幾批難民去爬這座高達3400公尺的山脈，前後總共持續了七個月，直到1941年11月，她也被迫逃離歐洲。而這條秘密的「費太太路線」總共拯救了大約八萬人的生命。

張小姐

張蓓瑜（1979 年生），畢業於東吳大學德國文化學系、輔仁大學語文與德國文學研究所、德國明斯特應用技術大學插畫系，喜歡閱讀和旅行。2015 年，她在德國南部的旅途中，聽說了這個消失的行李箱，受到很大的觸動，於是決定寫一個關於這個行李箱的故事。2016 年 2 月，她在菲力克斯・辛伯格 (Felix Scheinberger) 教授的指導下，完成了畢業作品《班雅明先生的神秘行李箱》，這是她創作的第一本童書。